1868 (6 Mai)

COLLECTION DE M. H. D.

DESSINS
ANCIENS

VENTE

Le Mercredi 6 Mai 1868

A DEUX HEURES PRÉCISES

EXPOSITION PUBLIQUE

Le Mardi 5 Mai 1868

DE 1 HEURE A 4 HEURES

Mᵉ DELBERGUE-CORMONT	M. VIGNÈRES
Commissaire Priseur	Md d'Estampes

PARIS — 1868

Henri Duval

951.

RENOU ET MAULDE

IMPRIMEURS DE LA COMPAGNIE DES COMMISSAIRES-PRISEURS

Rue de Rivoli, 144.

(254e)

CATALOGUE

DE

DESSINS ANCIENS

DE MAITRES

ITALIENS, FLAMANDS, HOLLANDAIS & FRANÇAIS

ET

RECUEILS DE FAC-SIMILE

Composant la Collection de M. H. D....

DONT LA VENTE AUX ENCHÈRES PUBLIQUES AURA LIEU

HOTEL DES COMMISSAIRES-PRISEURS

Rue Drouot, 5

SALLE N° 4, AU PREMIER ÉTAGE

Le Mercredi 6 Mai 1868,

A DEUX HEURES PRÉCISES

Me **DELBERGUE-CORMONT,** Commissaire-Priseur,
rue de Provence, 8,

Assisté de M. **VIGNÈRES,** Marchand d'Estampes,
rue de la Monnaie, 13, à l'entresol, entrée rue Baillet, 1,

CHEZ LEQUEL SE DÉLIVRE LE PRÉSENT CATALOGUE.

EXPOSITION PUBLIQUE

Le Mardi 5 Mai 1868, de 1 à 4 heures.

PARIS — 1868

ORDRE DE LA VACATION

Dessins. . . . . **N° 100 à 109**

Dessins. . . . . **N° 1 à 99**

Fac-Simile en feuilles
et en recueils. . . . . . **N° 110 à 132**

Le Catalogue a été rédigé d'après les notes de l'Amateur, quant aux attributions, qui sont d'ailleurs celles des Collections bien connues aux ventes desquelles la plupart des Dessins ont été acquis.

CONDITIONS DE LA VENTE

Elle sera faite au comptant.

Les Acquéreurs paieront, en sus des adjudications, CINQ CENTIMES PAR FRANC, applicables aux frais de la Vente.

M. VIGNÈRES, dirigeant la Vente, se charge des Commissions.

NOTA. Toute Commission sans prix fixé ou sans limite déterminée sera regardée comme nulle.

Les Dessins qui composent cette Collection sont peu nombreux, mais choisis parmi les meilleures productions des maîtres les plus recherchés, particulièrement de l'École Hollandaise : intérieurs des deux **Ostade**; d'Adrien, la composition originale qui a servi à la gravure d'une de ses eaux-fortes capitales : *« le Goûté ; »* plusieurs morceaux importants de **Rembrandt**; de **N. Maes**; des fleurs de **Van Huysum**; des cavaliers de **Wouwerman**; un portrait magistral de **Visscher**; un chef-d'œuvre d'**Adrien van de Velde** : *« le Passage du Bac. »*

Dans l'École Flamande, nous mentionnerons tout spécialement une admirable composition de **Van Dyck** : *« le Mariage de Sainte Catherine »* de la plus belle exécution ; on sait combien sont rares les Dessins achevés de ce maître.

Plusieurs œuvres distinguées de l'École Italienne (**Corrége**, **Guerchin**, etc.), de l'École française (**Poussin**, **Boucher**, **Boissieu**, etc.) ; enfin, une réunion des plus intéressantes de fac-simile, les uns en recueils, les autres en pièces détachées, complètent l'ensemble de cette Collection remarquable sur laquelle nous appelons, avec confiance, l'attention des Amateurs.

J.-E. Vignères.

Paris, le 15 Mars 1868.

DÉSIGNATION

BACKHUISEN (L.)

1 — Marine. Sur la plage, un amiral donne des ordres pour un débarquement de prisonniers. 50 Vig

Charmant dessin, d'une grande finesse, à la plume, lavé d'encre de Chine; signé.

Collection SORET.

BEGEYN (C.-A.)

2 — Le Passage du Gué. Un paysan, monté sur un mulet, une femme et un jeune garçon conduisent un troupeau de vaches, chèvres et moutons. 16 Vig

A la plume, lavé à l'encre de Chine; signé.

BELLA (S. DELLA)

3 — Paysan conduisant un cheval. 3 50

Croquis à la plume.

BERGHEM (ÉCOLE DE)

4 — Berger passant un gué avec son troupeau. 14

5 — Bergère gardant les moutons dans un enclos. 15

Ces deux dessins, d'un grand effet, sont largement exécutés au bistre.

BOISSIEU (J.-J. DE)

6 — Vue d'un château situé sur une éminence bordée au bas par une route où l'on remarque un chariot attelé de trois chevaux; une rivière coule sur le devant; deux hommes à cheval, dont l'un a un enfant en croupe.

Au haut du ciel, à droite, le monogramme du maître et la date 1786.

Morceau capital vigoureusement et précieusement lavé à l'encre de Chine.

Collection VAN DEN ZANDE.

BOL (F.)

7 — La Bénédiction; sujet biblique.

A la plume, lavé de bistre.

Collection UTTERSON.

BOL (HANS)

8 — Chasse au Cerf.

Beau dessin à la plume, lavé d'encre de Chine et de bistre; signé et daté : HANS BOL, 1775.

BOUCHER (F.)

9 — Intérieur villageois. Jeune femme, entourée de ses enfants, préparant le repas de famille.

Dessin de la plus belle manière du maître, à la plume et chaudement lavé de bistre.

Collections RANDON DE BOISSET (nº 342 du cat.) *et* EUG. TONDU.

10 — Abraham renvoyant Agar.

Beau dessin à la plume, lavé de bistre et de sanguine.

BOUCHER (F.)

11 — Deux Amours tressant des couronnes.

Beau dessin, largement exécuté à la pierre noire et à l'estompe et rehaussé de blanc, sur papier teinté.

12 — Amour serrant une colombe entre ses bras.

Aux trois crayons.

BRAUWER (A.)

13 — Le Fumeur. Assis sur un banc, devant une cloison il allume sa pipe; près de lui, à terre, un pot de bière; dans le fond, des buveurs, un debout, trois attablés.

Très-beau dessin à la plume, lavé de bistre.

BREUGHEL (P.) LE VIEUX

14 — Intérieur de village par un temps d'hiver.

Morceau plein de vérité, à la plume et lavé en couleurs.

CABEL (A. VAN DER)

15 — Deux jolis petits Paysages à la plume, lavés d'indigo, montés sur une même feuille.

CONSTANTIN (J.-A.), D'AIX

16 — Cour d'Hôtellerie, un jour de marché. Au milieu des charrettes et des bestiaux, un grand nombre de figures, voyageurs, cavaliers, paysans attablés sous une tente.

Composition capitale, pleine de lumière et du plus bel effet, à la plume, lavée à l'encre de Chine.

CORRÉGE (A. Allegri)

17 — Groupe d'Enfants. Étude terminée des trois chérubins qui soutiennent l'épée et l'armure de saint Georges, dans le célèbre tableau du Musée de Dresde.

Délicieux dessin à la sanguine.

Collection Vallardi.

CUYP (A.)

18 — Lisière de Forêt.

Beau dessin à la pierre noire, à l'encre de Chine, légèrement rehaussé en couleurs; signé des initiales.

19 — Soldats de la milice bourgeoise s'exerçant au tir.

A la pierre noire et à l'encre de Chine.

DIEPENBECK (A. van)

20 — Actéon dévoré par ses chiens.

A la plume et à l'encre de Chine.

Collection Andreossy.

21 — La Vierge apparaît sur les nuages à un saint religieux qui intercède pour des âmes en purgatoire.

Beau dessin à la pierre noire et à l'encre de Chine, rehaussé de blanc.

DOLCI (Carlo)

22 — Étude de mains.

Joli dessin à la pierre noire et à la sanguine.

Collection Perignon.

DOMINIQUIN (Zampieri)

23 — Martyr de saint Laurent.

A la plume, lavé à l'encre de Chine.

DUSART (C.)

24 — La Laitière ; composition de douze figures.

Ce beau dessin, digne d'A. van Ostade, est lavé à l'encre de Chine et au bistre.

Collection Witsen.

DYCK (A. van)

25 — Le Mariage mystique de sainte Catherine.

A gauche, la Vierge tenant sur ses genoux l'Enfant Jésus qui met un anneau au doigt de la sainte, inclinée devant lui et vue de profil ; derrière ce groupe, deux anges dont l'un tient une palme ; à droite, au second plan, deux saints en costume de religieux.

Superbe dessin, de la plus belle qualité, à la plume, lavé de bistre. Quelques touches de sanguine dans les vêtements de la Vierge.

Collections Ploos van Amstel et Verstolk de Soelen (nº 54 du catalogue).

ÉCOLE FLAMANDE

26 — Sainte Famille adorée par des anges ; fond de paysage.

Dessin d'un beau sentiment, à la plume, lavé d'encre de Chine et de bistre.

EVERDINGEN (A. van)

27 — Vue de Norwége. — Près d'une chaumière au milieu des roches et des sapins, groupe de trois figures.

Joli dessin lavé à l'encre de Chine et à la sanguine.

FLINCK (G.)

28 — Étude d'homme, en buste, avec les mains.

A la pierre noire rehaussée de blanc sur papier bleu.

GANDOLFI (G.)

29 — Trois Têtes : une jeune et jolie femme élégamment coiffée, vêtue de fleurs, de rubans et de perles; à droite un homme avec un chapeau à grands bords; plus bas, un vieillard.

Très-beau dessin à la plume, d'un grand effet, et de la plus brillante exécution.

Collection Perignon.

GELLÉE (Claude), *dit* Claude Lorrain

30 — Un bâtiment à voiles avec sa chaloupe en vue d'une côte accidentée.

Vive esquisse, d'un puissant effet, à la plume et à l'encre de Chine.

GOLTZIUS (H.)

31 — Un Marché.

A la plume, lavé de bistre.

GOYEN (J. VAN)

32 — Vue de Village traversé par une rivière.

Joli dessin à la pierre noire, lavé à l'encre de Chine ; signé et daté : V. G., 1653.

GRIMALDI (BOLOGNÈSE)

33 — Paysage. Au premier plan, devant des rochers, un arbre dépouillé de feuillage ; au fond, la mer.

Ce dessin, d'une belle exécution à la plume, était attribué à Titien.

Collection VERSTOLK DE SOELEN.

GUERCHIN (FRANCESCO BARBIERI, *dit* LE)

34 — Saint Sixte, conduit au martyre, rencontre saint Laurent qui lui témoigne le désir de mourir avec lui ; il lui répond : « Dans trois jours vous serez réuni à moi. »

Très-beau dessin à la plume et au bistre.

Collections de LAGOY, RÉVIL, VAN OS, etc.

HEEMSKERK (M.)

35 — Une des œuvres de Miséricorde : « Pratiquer l'hospitalité. »

Dessin terminé, à la plume, signé et daté : « Martinus Heemskerk, 1552 »

A servi pour la gravure.

HUYSUM (J. VAN)

36 — Bouquet de fleurs dans un vase orné de figures d'enfants en bas-relief et placé contre une colonne de marbre. Au pied du vase, un nid avec ses œufs et une branche d'œillets.

Superbe dessin largement exécuté, de main de maître, à la pierre noire et au lavis de bistre.

JARDIN (Karel du)

37 — Étude de porcs.

A la pierre noire.

Collection Verstolk de Soelen.

JORDAENS (J.)

38 — Les Vendeurs chassés du temple.

Exécuté à la pierre noire et lavé en couleur, ce dessin a toute la vigueur d'une esquisse peinte, et peut être considéré comme un des plus parfaits du maître.

Avec la gravure à la quelle il a servi. « Jordaens inventor 1652. »

39 — Décoration architecturale.

On voit à droite, sous une arcade, une femme qui porte une corbeille.

Beau morceau lavé au bistre et en couleur.

Collection Camberlyn.

LECLERC (S.)

40 — Entrée de village.

Joli petit dessin à la plume.

LESPINASSE (J. de)

41 — Vue panoramique de Port-Vendres.

Aquarelle très-intéressante, d'une merveilleuse finesse d'exécution.

LIVENS (J.)

42 — Intérieur de Forêt.

Beau dessin énergiquement exécuté à la plume et au bistre.

LIVENS (J.)

43 — Deux jeunes Garçons debout.

A la plume et au bistre.

Collection Thibaudeau.

MAES (Nicolas)

44 — Jeune Garçon assis à terre et vu de profil, la tête nue tournée à gauche.

Superbe dessin largement exécuté au pinceau et au bistre.

Collection Leembruggen.

45 — Jeune Garçon assis, la tête couverte d'un chapeau, le bras gauche appuyé sur le dossier de la chaise.

Au pinceau et au bistre.

Collection Leembruggen.

MASQUELIER (C.-L.)

46 — Portrait de Femme. Debout, en pied, coiffée d'un large chapeau et vêtue d'une robe de satin blanc, elle s'appuie sur un piédestal. — Costume de l'époque de Louis XVI. — Au bas, à gauche, « 7me 1788. »

Gracieux dessin aux deux crayons sur papier jaunâtre.

Collection F. V.

MECKELN (Israel van)

47 — Au pied du Christ en croix, la Vierge, saint Jean et sainte Marie-Madeleine intercèdent pour des donataires agenouillés. Composition de huit figures d'un grand caractère.

Ce rare dessin est exécuté à la pierre noire sur papier marqué du P gothique ou bourguignon.

MEER (V. DER), DE *Delft*.

48 — Portrait de jeune Fille, la tête appuyée sur la main droite.

Belle étude, pleine de vérité, à la sanguine et rehaussée de blanc sur papier roux.

MEER (V. DER), DE *Jonge*

49 — Paysage traversé par une rivière.

A la pierre noire.

Collection THIBAUDEAU.

MIEL (J.)

50 — Débarquement de troupes sur les rives d'un fleuve.

Beau dessin à la plume, légèrement lavé d'encre de Chine.

MOLYN (P.)

51 — Vue de village. Au fond, une charrette et un cavalier à la porte d'un cabaret.

Joli dessin à la pierre d'Italie et à l'encre de Chine.

Collection F. V.

52 — Site sauvage dans les montagnes ; avec figures.

A la pierre noire et au bistre; signé et daté P. Molyn, 16.

53 — Le Champ de blé. Au premier plan, plusieurs figures; à l'horizon, le clocher d'un village.

A la pierre noire et à l'encre de Chine.

Collection TH. LAWRENCE.

NEER (A. VAN DER)

54 — Paysage. Effet de lune; au premier plan, du milieu d'un cours d'eau, s'élèvent des touffes de roseaux; on aperçoit, à l'horizon, le clocher d'une ville.

Charmant dessin, très-rare, à la pierre noire, rehaussé de blanc sur papier bleu.

55 — Village au bord d'une rivière; effet de clair de lune.

A l'encre de Chine, sur papier bleu.

Collection PÉRIGNON.

OSTADE (A. VAN)

56 — Le Goûté.

C'est la composition originale de l'eau-forte décrite par Bartsch, sous le n° 50, une des pièces capitales de l'œuvre du maître; elle porte les traces de la pointe qui a servi à faire le décalque sur le cuivre.

Superbe dessin d'une exécution pleine de vigueur et d'effet, à la plume et lavé de bistre.

Avec la gravure.

57 — Scène d'intérieur.

Près d'une cheminée trois paysans assis, un quatrième debout, le dos au feu, regardent deux jeunes garçons qui jouent au milieu de la chambre; au fond. près d'une fenêtre, groupe de trois figures.

Les enfants jouant de la main gauche, l'encadrement tracé au bistre autour du sujet, tout indique que le maître se proposait de reproduire à l'eau-forte cette intéressante composition.

Beau dessin vivement exécuté à la plume et largement lavé à l'encre de Chine.

OSTADE (J. VAN)

58 — Scène d'intérieur. Des buveurs, trois hommes et une femme narguent un de leurs compagnons qui a quitté la table; au fond deux enfants.

Très-beau dessin énergiquement exécuté à la plume et lavé en couleur.

59 — Sujet du même genre que le précédent.

A la plume et en couleur; *au verso*, divers croquis à la plume.

60 — Fête de village au bord de l'eau; scène de nuit éclairée par des tonneaux de goudron enflammé.

Esquisse à la plume, lavée à l'encre de Chine.

PALMERIUS

61 — Intérieur de cour avec figures et animaux; à gauche, auprès d'une jeune femme, un homme jouant de la guitare.

Beau dessin à la plume, lavé à l'encre de Chine et rehaussé de blanc sur papier teinté. Signé.

Collection d'HOLBACH.

PATER (J.-B.)

62 — Feuille d'études : une femme à genoux, vue de dos, s'appuie de la main gauche contre un arbre; au-dessous, deux chiens.

Beau dessin à la sanguine, digne d'A. Watteau.

Collection CAMBERLYN.

PERELLE

63 — Paysage. Au fond, un château ; sur le devant, deux cavaliers, un berger et son troupeau.

A la plume et au bistre.

PICART (B.)

64 — Gentilhomme et Dame de qualité.

Deux charmants petits dessins lavés à l'encre de Chine et rehaussés de blanc. Montés sur une même feuille.

POTTER (P.)

65 — Vache vue de trois quarts, dirigée vers le devant, à droite.

Belle étude d'après nature, à la pierre d'Italie.

Collection CAMBERLYN.

POUSSIN (N.)

66 — Les Aveugles de Jéricho.

Première pensée pour la composition du tableau qui se trouve au Musée du Louvre ; précieuse esquisse à la plume. *Au verso*, deux croquis à la plume pour une sainte Famille.

67 — L'Hospitalité. Sujet traité en manière de bas-relief antique.

Beau dessin à la plume, lavé à la sanguine.

RAMENGHI (B.) *dit* IL BAGNACAVALLO

68 — L'Empereur Constantin reçoit la bénédiction du pape ; à droite sont groupés les dignitaires de l'Église ; à gauche, les guerriers de la suite de l'Empereur.

Beau dessin au bistre rehaussé de blanc sur papier jaunâtre.

Collection VALLARDI ET DESPERET.

REMBRANDT VAN RYN

69 — La Fuite en Égypte.

Dessin d'un sentiment admirable, à la plume.

Collection Andréossy.

70 — Le Bouquet d'arbres à l'entrée du village. Paysage à la tour carrée.

Deux très-beaux dessins ; l'un au pinceau et au bistre, l'autre à la plume ; montés sur une même feuille.

Collection Andréossy.

71 — Portrait de son fils Titus.

Beau dessin à la plume et au bistre.

Collections de Claussin ? *et* Eug. Piot.

72 — La Résurrection de la fille de Jaïre. Composition connue par la gravure de G.-F. Schmidt.

A la pierre noire et à l'encre de Chine.

ROSA (S.)

73 — Saint Sébastien.

A la plume et au bistre.

Collection Pérignon.

RUBENS (P.-P.)

74 — Les trois Grâces couronnant Vénus qui sort de l'onde.

Jolie esquisse au pinceau et à l'encre de Chine, avec des touches de blanc.

RUBENS (École de)

75 — Salomon recevant les présents de la reine de Saba.

Dessin d'une riche ordonnance et d'une belle exécution, à la pierre noire et à la sanguine, lavé de sanguine.

RUYSDAEL (J.)

(Attribution)

76 — Deux Paysages.

Croquis à la pierre noire montés sur une même feuille.

SAFTLEVEN (C.)

77 — Un Fumeur debout contre une cloison.

A la pierre noire.

SAFTLEVEN (H.)

78 — Paysage. — Vue prise du haut d'une colline d'où l'œil découvre une grande étendue de pays et suit le cours d'une rivière.

Beau dessin à la pierre noire, légèrement lavé en couleur.

SNYDERS (F.)

79 — Sujet de nature morte : gibier, homard, fruits et légumes.

Dessin à la plume, lavé à l'encre de Chine.

SOLIMÈNE (F.)

80 — La Descente de Croix.

Composition pour tableau d'autel, à la plume et à l'encre de Chine.

SWANEVELT (H. VAN)

81 — Site montagneux traversé par un cours d'eau; au premier plan, près d'une cascade, des pêcheurs relèvent leurs nasses.

Très-beau dessin, plein de soleil, à la plume et lavé au bistre.

Avec la gravure à l'eau-forte par le maître. Pièce décrite par Bartsch sous le n° 77.

82 — Vue prise dans la campagne romaine.

Belle étude à la plume et en couleur.

TERBURG (G.)

83 — Gentilhomme en pied, vu de dos.

Beau dessin à la pierre noire sur papier teinté.
Collection DESPERET.

84 — Portrait de jeune Homme.

Morceau plein de vérité, en couleur.

VANUCCHI (A. DEL SARTO)

85 — Homme debout, le pied posé sur une bêche.

A la plume rehaussé de blanc sur papier bleu.

C'est l'étude d'une des figures de la composition connue sous le titre de « Noé plantant la vigne ».

Collection TH. LAWRENCE.

VAROTARI (A.)

86 — Portrait d'Homme; cheveux bouclés, légères moustaches.

Joli dessin aux trois crayons sur papier teinté. — Daté 1625.

Collection DESPERET.

VELDE (A. VAN DE)

87 — Le Passage du Bac. 305 Vix

Paysage avec animaux. Au second plan, à droite, trois vaches et des moutons près d'une route où passe un homme conduisant un chariot; à gauche, une rivière; au centre, deux vaches, en partie dans l'ombre d'un vieux tilleul, s'avancent pour s'abreuver entre deux touffes de roseaux; au fond, à gauche, un bac chargé d'une voiture attelée et de passagers.

Superbe dessin, très-terminé, à la plume, à l'encre de Chine et au bistre. Ce chef-d'œuvre est signé dans le coin du ciel, à gauche, A. v. Velde, f. 1670.

Collections JOLLES ET LEEMBRUGGEN.

88 — Un Cavalier, escorté d'un soldat, le fusil sur l'épaule, rencontre un convoi de mulets; au centre, deux chiens. 20

Très-beau dessin à la sanguine.

VELDE (W. VAN DE)

89 — Marine par un temps calme. 10

Dessin légèrement et finement exécuté au crayon et à l'encre de Chine.

VENNE (A. VAN DER)

90 — Sujet allégorique. — Des hommes, des femmes, des enfants debout sur des nuages. 4 50

Charmant dessin à la plume, lavé d'encre de Chine et de bistre, a été gravé.

Collections de LAGOY ET THIBAUDEAU.

VERBOOM (A.-H.)

91 — Paysage. Un groupe d'arbres à droite, au premier plan; à gauche, des ruines sur une montagne; lointains vaporeux.

Beau dessin à la pierre noire. Signé et daté : 1652.

VISSCHER (C.)

92 — Portrait d'Homme portant une moustache et de longs cheveux bouclés, coiffé d'un chapeau à larges bords relevés.

Superbe portrait, plein de vie et d'un faire magistral, à la pierre noire.

Collections J. de Vos et Verstolk de Soelen (nº 361 du Cat.).

WAEL (C. de)

93 — Ronde Villageoise ; composition, pleine d'entrain, de douze figures.

A la plume et au lavis d'indigo.

WATERLOO (A.)

94 — La Chaumière dans les bois.

Beau dessin à la pierre noire, lavé d'encre de Chine, sur papier teinté.

95 — Intérieur de Forêt; un cerf et une biche se désaltèrent à un ruisseau.

Dessin capital à la pierre noire et à l'encre de Chine.

96 — Paysage en Gueldre. Au pied d'une colline sablonneuse une route au tournant de laquelle on voit un clocher.

Très-belle étude, d'après nature, à la pierre noire et à l'encre de Chine sur papier teinté.

Ces trois dessins sont des plus beaux du maître.

WITT (J. DE)

97 — Génies allégoriques des Beaux-Arts.

A la plume, à la sanguine et à l'encre de Chine.

WITT (P. DE), *dit* CANDITO

98 — Saint Étienne et Saint Laurent adorant l'Enfant Jésus sur les genoux de la Vierge.

Beau dessin à la plume, lavé d'encre de Chine et rehaussé de blanc ; a servi à l'estampe gravée par J. Sadeler, 1590.

WOUWERMAN (PH.)

99 — Le Maréchal-ferrant.

Plusieurs cavaliers sont arrêtés devant une forge de village : l'un d'eux fait ferrer son cheval. A droite un jeune garçon conduit une chèvre attelée à un chariot dans lequel se trouve un petit enfant ; à gauche des valets de forge opèrent un cheval attaché ; en tout vingt et une figures.

Dessin capital à la sanguine.

Le tableau de cette composition, une des plus animées et des plus intéressantes du maître, fait partie de la galerie de Dresde.

---

100 — Deux Dessins. Paysages par *Ommeganck* et *Van Drielst*.

101 — Deux Dessins en couleurs. Hiver avec patineurs, genre d'*I. Ostade*, et Paysage par *Van der Meer*.

102 — Sept Dessins. École Flamande. Scènes de martyres ; composition pour vitraux.

103 — Trois Dessins. Intérieur attribué à *A. van Ostade*; portrait par *Terburg* et une copie d'après *G. Dow*: la mère de l'artiste.

104 — Trois Dessins en forme de Frises. Sujets mythologiques : les Enfants de Niobé.

105 — Un Dessin, genre de *N. Poussin*. Paysage avec figures : « Les Pèlerins d'Emmaüs ? » Morceau très-énergique au bistre.

106 — Quatre Dessins. La Vierge à l'oiseau ; École de *L. de Vinci* et trois portraits par *Mutiano*, etc.

107 — Quatre Dessins. École Italienne : *Arpinas*, *Baroche*, *Dominiquin*.

108 — Cinq Dessins. Paysages par *Cuyp*, *Everdingen*, *Vlieger* et *Waterloo*.

109 — Quatre Dessins par *Dietrich*, *Loutherbourg*, *Kobel*, *Stoop*.

FAC-SIMILE

110 — **Ploos van Amstel** (38 pièces de l'œuvre de), avec frontispice et dédicace autographe à Simon Fokke, amateur hollandais. Très-belles épreuves de choix.

111 — **Vivant Denon**. Monuments des arts du dessin chez les peuples anciens et modernes. 310 planches. Paris, Didot. 1809.

4 vol. grand in-folio, demi-rel. mar. violet, non rognés. Très-bel exemplaire.

112 — **A. Le Roy**. Collection de dessins originaux de grands maîtres, gravés en fac-simile, avec texte explicatif par MM. F. Reiset et F. Villot. 32 planches. Paris, Rapilly.

1 vol. grand in-folio, demi-rel. mar. noir, non rogné. Très-bel exemplaire.

ÉCOLE ITALIENNE

113 — **Raphaël** (D'après). Le Christ mort, par A. Le Roy; J.-C. remettant les clefs à Saint Pierre par Perugini.

2 p. Chal. imp.

114 — — La Vierge au livre.

Étude de deux figures d'apôtres.

2 phot. (Musée du Louvre).

115 — **Raphaël** (D'après). Saint Georges combattant le dragon.

Sainte Famille (du prince Esterhazy).

2 phot. (Musée de Florence.)

116 — — Saint Pierre délivré. (Musée de Florence.

Prédication de Saint Paul à Athènes.

(Musée de Florence.)

Étude pour la Dispute du Saint Sacrement.

(Gal. de l'arch. Charles.)

3 photographies.

117 — **A del Sarto** (D'après). Figure d'Enfant, par Lefman Saint Joseph (Madonna del Sacco), par Desperet.

Chal. imp.

Prédication de Saint Jean.

Phot. (Musée de Florence.)

118 — **Léonard de Vinci** (D'après). Tête de jeune Homme de profil, par P. Chenay.

Chal. imp.

Parmesan (D'après). Circé.

Phot. (Musée de Florence).

ÉCOLE HOLLANDAISE

119 — **Bylaert**, d'après P. Potter et Ph. Wouwerman. 2 p.

120 — **Berghem** (D'après). Paysages et animaux. 7 p.

121 — **Rembrandt** (D'après). Recueil de 6 pièces gravées par Bartsch. 2 autres, en tout 8 p.

122 — **Ruysdaël** (D'après J.). Deux paysages par Baillie et Brouwer.

123 — **Saftleven** (C. et **H. Sorg** (D'après). Vieille Femme et Buveurs. 2 p.

124 — **Swanevelt** et **Pynacker** (D'après). Paysages. 2 p.

125 — **Velde** (D'après A. van de). Mercure et Argus.
Velde (D'après W. van de). Marine. 2 p.

126 — **Wouwerman** (D'après Ph.). 2 p.

ÉCOLE FRANÇAISE

127 — **Claude Lorrain** (D'après). Paysage, par Daubigny.

N. Poussin (D'après). Moïse et les filles de Jethro, par Rosotte.

2 p. Chal. imp.

128 — Cinq pièces d'après Lebarbier, N. Leprince, Wille fils et C. Vernet.

129 — Sept Fac-simile.

130 — Cinq Dessins.

131 — Sept Dessins.

132 — Sous ce numéro seront vendus les Articles omis ou non catalogués.

Renou et Maulde, imprimeurs de la Compagnie des Commissaires-Priseurs, rue de Rivoli, 144. 12478

VENTE

HOTEL DES COMMISSAIRES-PRISEURS

Salle n. 4, au 1er Etage,

Mercredi 6 Mai 1868

Après la vacation H. D.

305 **CELERIER,** architecte de la République. Fête publique à Paris, sur les ruines de la Bastille, 1793. Très-belle aquarelle capitale avec grand nombre de figures, costumes. B 25

8 50 **LEDOUX**, architecte, 1806. Projet de décoration, prison romaine. Belle aquarelle.

6 — Projet de décoration. Souterrain de l'Inquisition. Belle aquarelle.

— Projet d'un hôtel aux Champs-Élysées, 1802. Très-belle aquarelle. B

Vig 56 **MEUNIER**, architecte, 1790. Projet de barrière à Paris. Très-belle aquarelle. B

Vig 13 3 passepartout Berger

---

688 50

Me DELBERGUE-CORMONT, Commissaire-Priseur,

Rue de Provence, 8

Assisté de **M. VIGNÈRES**, marchand d'Estampes, rue de la Monnaie, 13

A L'ENTRESOL, ENTRÉE RUE BAILLET, 1.

14122 Paris. — Typographie et Lithographie de Renou et Maulde, rue de Rivoli, 144.

www.ingramcontent.com/pod-product-compliance
Ingram Content Group UK Ltd.
Pitfield, Milton Keynes, MK11 3LW, UK
UKHW022145260726
13993UKWH00005B/2163